D1442552

Descubre las abejas

Gracias a las abejas,
la mayoría de las flores
son polinizadas y se convierten
en frutos y semillas.
¡Y además nos dan cera y miel!

edebé

"Bzzz, bzzz, bzzz…"

¡Mira! ¿Qué hay en esa flor? ¡Una abeja!
¡Hola, niños, hola, niñas! No os asustéis, no os haré daño. Si os sentáis a escuchar os contaré todo lo que queráis saber sobre nosotras, las abejas. ¿Os apetece? Prestad mucha atención. Las abejas somos insectos con seis patas, dos antenas en la cabeza que nos sirven para oler, dos ojos grandes, una lengua larga y cuatro alas, dos más grandes delante y dos más chiquitas detrás. Podemos mover las alas más rápido que los pájaros y detenernos en el aire.

3

Nuestras amigas las flores

Las abejas necesitamos a las flores para vivir. Ellas nos dan nuestro alimento: el polen y el néctar. El polen, un polvo amarillo que fabrican las flores y que se transporta a través del aire o de algunos animales, lo recogemos en unas cestas especiales que tenemos en las patas de atrás. Y gracias a que llevamos el polen de flor en flor, las flores se convierten en frutos y semillas.

El néctar, un líquido dulce y delicioso, lo chupamos con nuestra larga lengua y lo llevamos a la colmena dentro del buche.

4

Miel y polen

El polen es nuestra comida favorita, sobre todo cuando somos bebés. De mayores preferimos la miel porque nos da mucha energía. Cuando las abejas recolectoras volvemos a nuestra colmena, cargadas de polen y néctar, lo entregamos todo a otras abejas obreras. El polen que sobra se guarda en celdillas del panal para tener comida durante el invierno. El néctar lo transformamos en miel dentro de nuestros estómagos. Cuando la miel ya está preparada la sacamos por la boca y la guardamos en celdillas especiales, listas para el invierno.

¿Dónde vivimos?

Dentro de la colmena construimos pequeñas habitaciones llamadas celdillas. Para hacerlo masticamos un material que seguramente conoces: la cera. Solamente las abejas jóvenes podemos fabricar cera. Nos sale del abdomen, que es la parte de atrás de nuestro cuerpo. Cada celdilla tiene seis lados. Un grupo de muchas celdillas juntas se llama panal. En unas celdillas guardamos la miel y en otras diferentes guardamos polen. Cuando están llenas las tapamos con un tapón de cera. Así tenemos comida para toda nuestra gran familia.

9

Familia numerosa

En la colmena vivimos tres tipos diferentes de abejas. La reina, que es la mamá de todas las demás y sólo hay una en cada colmena. Las obreras, como yo, que somos muchas y hacemos todos los trabajos de nuestra casa. Y por último los zánganos, que son poquitos y no saben hacer miel, ni cera, ni nada. ¡Ni siquiera saben comer si no los ayudamos!

11

Celdillas y cunas

Además de las celdillas donde ponemos la miel
y el polen, también construimos unas celdillas
especiales. Las usamos como cunas para
nuestras hermanas pequeñas. Nuestra madre
la reina pasa todo el día poniendo
en ellas pequeños huevos blancos
de dos tipos: en las celdillas
pequeñas pone huevos
de donde nacerán las abejas
obreras, y en las
celdillas más
grandes pone
huevos que
se convertirán
en zánganos.

Una transformación increíble

Al cabo de tres días sale de cada huevo un pequeño gusanito o larva. Los primeros tres días las alimentamos con una comida muy especial que fabricamos: la jalea real. Después les damos una rica mezcla de miel y polen. ¡Hum, se me hace la boca agua de pensarlo! Cuando los bebés tienen una semana y media de vida ya son muy grandes. Entonces tapamos las celdillas con cera porque ya no necesitarán más comida, y allá dentro se transformarán en una abeja que saldrá cuando cumpla 21 días de vida.

"¡Bienvenidas!", les decimos cuando salen de la celdilla.

15

Los oficios de la colmena

Hay una larga lista de trabajos que tenemos que hacer las obreras dentro de casa. En primer lugar, cuando salimos de la celdilla-cuna, la limpiamos para que pueda ser usada otra vez. Cuando somos jóvenes nunca salimos

y nos dedicamos a alimentar
a las larvas, a los zánganos
y a la reina, fabricamos celdillas
con cera, almacenamos el polen
y la miel, y abanicamos
la colmena moviendo nuestras
alas. Al hacernos más viejitas
cambian nuestros trabajos:
vigilamos la entrada para
que no entren intrusos.
Nuestro último trabajo es salir
y buscar flores para recolectar
el polen y el néctar.

17

El baile de las abejas

Cuando las abejas recolectoras encontramos un lugar con muchas flores tenemos la necesidad de volver a la colmena y avisar a nuestras hermanas, para que vayan allí a recoger polen y néctar. Al llegar a casa hacemos un baile muy gracioso que ellas entienden sin problemas.

Si nos movemos muy rápido en círculos significa que las flores están muy cerca de la colmena y pueden encontrarlas fácilmente. Si las flores están lejos, entonces bailamos dibujando un ocho que sirve como mapa para las otras obreras. ¡Es muy sencillo!

19

La madre de la colmena

En cada colmena solamente hay una abeja reina, que es la mamá de todas las obreras y de los zánganos. La reina es más grande que todas las demás abejas, porque cuando era bebé la alimentamos solamente con mucha jalea real y la criamos en una celdilla muy grande. Ella nunca sale de la colmena. Se pasa todo el día poniendo huevos y cuidándonos a nosotras, sus hijas. Nos cuida porque siempre está fabricando con su cuerpo un olor muy especial que nos mantiene calmadas y contentas, sin peleas.

21

¿Dos reinas?

Cuando en la colmena falta espacio, es la hora de hacer sitio. Entonces las obreras alimentamos sólo con jalea real a una de las larvas y así sale una nueva reina joven.
La vieja reina, nuestra madre, entiende que ha llegado el momento de marcharse.
Ella reúne a la mitad de las obreras y juntas se van volando en una gran nube de abejas, que se llama enjambre. Cuando el enjambre encuentre un lugar bueno, en seguida mis hermanas obreras empezarán a fabricar nuevos panales. ¡Buena suerte!

23

La nueva familia

La reina joven que se ha quedado con nosotras saldrá de la colmena para iniciar el vuelo de la fecundación. Esto significa que se encontrará con una nube de zánganos y volverá a la colmena, ya preparada para poner huevos.
Mis hermanos, que ya habrán hecho su trabajo, se quedan afuera y no volverán a entrar nunca más. ¡Adiós, chicos!

25

¡Peligro!

Cada día, cuando salimos de la colmena, nuestra madre nos dice "¡Id con cuidado!". Afuera hay muchos peligros para las abejas. Somos el plato favorito de unas arañas que viven en algunas flores, disfrazadas con los colores de los pétalos. También nos atacan los avispones y otros insectos voladores, como las libélulas. ¡Qué miedo! A veces también nos persiguen algunos pájaros que sólo comen abejas, y hasta los osos, que cuando se comen un panal no les importa tragarse a alguna de nosotras. ¡Por eso siempre que salgo tengo mucho cuidado!

Mi arma secreta

¿Sabes que las abejas tenemos un arma secreta?
Es un aguijón afilado en la punta de atrás de nuestro
cuerpo. Con este aguijón, que es como una espada
en miniatura, podemos inyectar un poco de veneno.
Lo necesitamos para defendernos de todos nuestros
enemigos. Cuando alguien nos ataca no tenemos
más remedio que picarle con nuestro aguijón.
Pero tienes que saber que, si llevas cuidado
y no nos molestas, no te picaremos. ¡Prometido!

29

Mis primas solitarias

¿Has oído hablar de las abejas solitarias? Son primas mías y hay muchas diferentes. No construyen panales, ni viven o trabajan juntas. Puedes verlas en cualquier paseo que des por un campo o jardín con flores. Igual que nosotras, ellas también ayudan a las plantas porque transportan el polen de aquí para allá. No saben fabricar cera ni miel. Viven solas en un nido que construyen en el suelo, o en la madera. Poco a poco lo van llenando con una mezcla de polen y néctar, que servirá de alimento para sus bebés.

Las abejas y tú

Las abejas somos amigas de las personas desde hace miles de años. Os gusta mucho la miel que fabricamos: es un alimento delicioso y muy sano. Las primeras personas que recogían la miel echaban humo en los nidos naturales de las abejas. Aprovechaban que se quedaban dormidas para robarles un poco de miel y cera. Luego ya se inventaron las colmenas, cada vez más modernas, para que fabriquemos la miel y la cera y los humanos las podáis recoger con mucha facilidad.

¡Hasta pronto, niños y niñas! Me voy volando a recoger más polen antes de que anochezca, ¡adiós!

DATOS INTERESANTES SOBRE LAS ABEJAS

Hay más de 20.000 especies de abejas distintas, la mayoría abejas solitarias. Sólo unas pocas especies forman sociedades complejas como las de la abeja de la miel.

Viven en una gran variedad de ambientes: zonas cálidas, zonas frías, zonas desérticas… La única cosa que necesitan es que haya plantas con flor.

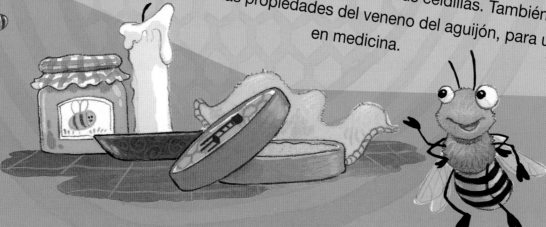

Las abejas de la miel fabrican varios productos apreciados por el hombre desde la Antigüedad: la miel, la cera, el propóleos, y también el polen que almacenan en sus celdillas. También se han investigado las propiedades del veneno del aguijón, para usarlo en medicina.

Muchas cosechas en todo el mundo dependen de la presencia de las abejas, necesarias para formar los frutos y las semillas gracias a la polinización. En algunos lugares donde ha disminuido drásticamente el número de abejas solitarias se contrata a los apicultores (para polinizar las cosechas, más que para producir miel).

Las abejas (incluidas las solitarias) y los abejorros son los más importantes polinizadores de las plantas con flores (los pinos y los abetos no tienen flores y son polinizados principalmente por el viento). La polinización es el transporte del polen desde la parte masculina de la flor hasta la parte femenina. Si no hubiera polinización las flores no se convertirían en frutos y semillas y desaparecerían las plantas con flor.

Algunos de los alimentos que dependen de la polinización por abejas: peras, manzanas, almendras, fresas, cerezas, melocotones, aguacates, alfalfa, cebollas, calabaza, espárragos, zanahorias, coles… son sólo unos pocos de una larga lista. Y también muchas plantas que sirven de alimento para el ganado, como las vacas y las ovejas, tienen que ser polinizadas por abejas.

Descubre las abejas

Texto: **Alejandro Algarra**

Ilustraciones: **Daniel Howarth**

Diseño y maquetación: **Gemser Publications, S.L.**

© de la edición: **EDEBÉ 2013**
Paseo de San Juan Bosco, 62
08017 Barcelona
www.edebe.com

ISBN: 978-84-683-0789-3
Depóstio Legal: B. 22107-2012

Impreso en China
Primera edición, febrero 2013